¡Apágala!

Escrito por David F. Marx

Ilustrado por Jeff Shelly

Children's Press®
Una división de Scholastic Inc.
Nueva York • Toronto • Londres • Auckland • Sydney
Ciudad de México • Nueva Delhi • Hong Kong
Danbury, Connecticut

Para mi esposa, Christine
—J. S.

Especialista de la lectura
Katharine A. Kane
Especialista de la educación
(Jubilada de la Oficina de Educación del Condado de San Diego,
California y de la Universidad Estatal de San Diego)

Traductora
Jacqueline M. Córdova, Ph.D.
Universidad Estatal de California, Fullerton

Visite a Children's Press® en el Internet a:
http://publishing.grolier.com

Información de publicación de la Biblioteca del Congreso de los EE.UU.
Marx, David F.
    [Turn it off! Spanish]
    ¡Apágala! / escrito por David F. Marx ; ilustrado por Jeff Shelly.
        p. cm. — (Rookie español)
    Resumen: Un niño poco a poco se da cuenta de todo lo que pierde cuando
mira demasiado la televisión.
    ISBN 0-516-22361-5 (lib. bdg.)   0-516-26321-8 (pbk.)
    [1. Televisión—ficción. 2. Libros en español.] I. Shelly, Jeff, il. II. Título.
III. Serie.
PZ73 .M3218 2001
[E]—dc21

                                                      00-065711

GROLIER
PUBLISHING

¿Miras demasiado la televisión?

¡Apágala!

¿Te desvelas demasiado?

¿Te duele el cuerpo?

¿Has hecho la tarea
de la escuela?

11

¿Se divierte tu hermano?

14

¿Te da mucho miedo
esa película?

15

¿Tienes los ojos cansados
de tanto fijar la vista?

17

¿Están afuera tus amiguitos?

¿Perderás el autobús de la escuela?

¡Apágala!
¡Apágala!

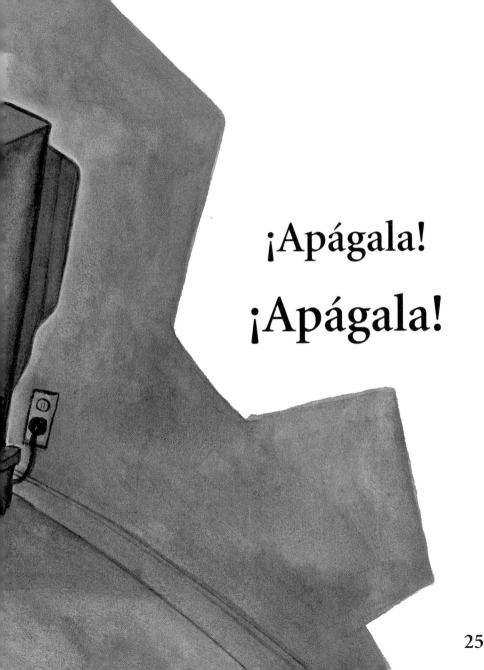

¡Apágala!

¡Apágala!

Si la apagas . . .

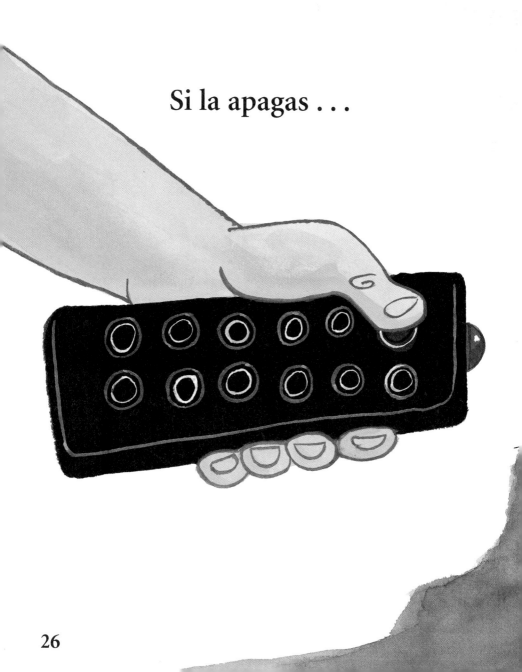

28

y la DEJAS apagada . . .

siempre encontrarás algo
interesante que hacer.

Lista de palabras (48 palabras)

afuera	demasiado	hecho	se
algo	desvelas	hermano	si
amiguitos	divierte	interesante	siempre
apagada	duele	la	tanto
apágala	el	los	tarea
apagas	encontrarás	miedo	te
autobús	esa	miras	televisión
cansados	escuela	mucho	tienes
cuerpo	están	ojos	tu
da	fijar	película	tus
de	hacer	perderás	vista
dejas	has	que	y

Sobre el autor

David F. Marx es autor y redactor de libros para niños. El vive en las afueras de Chicago y es el autor de varios libros de las series Rookie Reader y Rookie Read-About Geography (Rookie lee sobre geografía) para Children's Press.

Sobre el ilustrador

Jeff Shelly es un ilustrador humorístico. Nació en Lancaster, Pennsylvania y ahora vive en Hollywood con su esposa Christine y sus dos perros salchichas llamados Jessie y James.